KB184850

달의 잔상

달의 잔상

손혁건 시집

53

시와정신시인선

시와정신사

시인의 말

새벽의 고요를 흔드는 소리가
호되게 커야 할 이유는 없다.

잠들지 않은
잠 깬
누군가의 고요 속에

작지만
큰
울림이고 싶다.

늘 용기가 되고 위로가 되어준 뭇 당신에게
절절히 감사하다.

2024. 11.
손혁건

차 례

___ 제3부

___ 제4부

_____ 제1부

허공으로 화살을 쏘다

밤, 허공을 그놈이라 생각한다 허공을 향해 활을 잡는다 왼눈을 지그시 감는다 화살을 쏘아댄다 잡히지 않는 그놈을 원망하지 않는다 화살은 눈물이거나 몸부림이다 활을 떠나면 안개처럼 희미하다 폭우처럼 쏟아지기도 하고 부산 광안리나 서울 한강에서 보던 불꽃놀이 폭죽처럼 화려하기도 하다 그놈을 붙잡아 불멸의 사자로 만들고 싶다 빛의 한 점까지 화살을 쏟아붓는다 마지막 한 발의 활시위도 흔들려서는 안 된다 망설임도 두려움도 없는 선택으로 쏘아야 한다 허공은 화살을 먹고 몸집을 키운다 아직은 그놈의 생사가 불분명하다

아침, 밤새 쏘았던 화살을 하나씩 거둬들인다 사유가 다르다고 지워질 일은 아니다 잘못된 것을 재워야 세상이 밝아온다 잘못된 것을 아는 것도 초등학교 입학식 전날 느꼈던 때밀이 수건의 공포만큼 가학적이다 그때의 고통처럼 박힌 화살을 뽑아낸다 벌겋게 빛이 열린다 그놈이 이름을 얻어 허공에 금줄이 걸린다

확신

    구둣발에 밟힌 바퀴벌레 등껍질 깨지는 소리가 결벽증을 앓던 시인의 노트 위에 지렁이처럼 기어 다니고 있다 거울 앞에서 깨진 바람이 너덜거리고 괘종시계는 밤낮을 구분 못한 채 열두 시에 맞춰 꼿꼿하게 서 있다 시간을 알리는 비명은 계속 방구석으로 날아가 꽂힌다 밤마다 세수하고 구두를 닦고 넥타이를 매고 하얀 세상으로 들어가 사랑도 하고 친구도 만들고 집도 짓고 출세도 하는 자폐증 환자가 오늘도 시를 쓰지 못한 시인을 비웃는다 안개가 검은 날 마당에 잡초 사이로 꽃이 필 때가 있다 그때는 가끔 노트 위로 그리마*가 돌아다니기도 했다 어둠에 밟힌 등 굽은 초승달이 안경에 콕 박혀 깨지지 않고 버티고 있는 것은 달 속에도 시를 쓰기 위해 기어 다니는,

    무언가 사는 게 분명하다

*그리마 : 일명 돈벌레. 15쌍의 다리를 가진 절지동물로 바퀴벌레, 파리, 모기
    등의 천적으로 익충이다.

비둘기 바다로 날다
-상트페테르부르크 푸시킨 공원에서

도심 공원 복판에서 잠이 깼을 때
그의 동상
커다란 머리에 앉아 똥을 누고
뼈마디 우두둑거리는 소리를
간밤의 숙취에 섞인 여흥쯤으로 여기며
비실한 날개를 털어댄다

걷히지 않은 어둠 속에 빨대를 꽂고
아직 내 것이 아닌 햇살 한 모금 들이켜
배 속에서 부글대는 일출이 완성되면
이참에 저 바다 어디까지 날아
공원의 아침을 흘러볼 심산이다

호루라기 소리가 닿지 않는 섬
가로등 불빛이 끄떡거리지 않는 그곳에
귀소본능에 말뚝을 박고 철조망 치고
오늘노 여여한 삶에 속아 눈을 떴을
내 시의 허물을 가둬볼 참이다

시곗바늘

초침이 도는 순간부터
세상은 번잡스러웠고
빗나가는 것들
흔들리는 것들
추락하는 것들의 연속이었다

12시 30분
돌아서면 과거
바로 서면 정점의 시간
이 순간 혼돈은 없다
직립보행은 평등하다

6시 30분
세상의 이치에 순응하는
가장 예의를 갖추는 시간
지친 삶일지언정
절대 무릎 꿇지 않는다

또다시
절반이 남았다

그림자를 찾아서

검은 그리움 하나쯤
혼돈 없이 버텨낼 수 있다면
바람보다 가벼운 숲길을 걷고 싶다

그 유혹을 어쩌지 못해
어슬렁거리는 걸음으로
쏜살같은 뜀박질로도
벗어날 수 없는 굴레의 마차를 탄다

둥둥 떠다니는
허상 같은 것을 알고도 잡지 못해
동물의 시간을 배회하는 침엽수림의 비명

자신이 어떤 동물인지 망각한
날카로운 두 개 눈동자가 빛을 쏘며 뒤를 쫓아온다
끝내 잠들지 못하는 불면증 같은 것들이
숲으로 피난한 그를 그리워한다

12월 31일

전쟁은 끝났다
동백꽃 만발했다

전리품과 패잔병이 공존하는
붉은 들판 탈출하려는 작은 소동

복귀 알리는 검은 깃발이 꼬리 자를 때쯤
패잔병의 목을 쳐 전리품으로 얻은 꽃길
병사들의 밥 짓는 연기 잔인하다

작동을 멈춘 와이퍼 사이
꽁꽁 얼어붙은 한 뼘의 겨울 속에
필살의 한 수 들고 적진을 향했던 순간들

범종 소리에 목을 내놓고 마는
미완의 詩

알고 있었을까

밤새, 귓불 적시는 빗소리
선잠에 두들겨 맞은 몽롱함이
퉁퉁 부은 눈꺼풀 들어 올리는 아침

서늘한 빗줄기 뚫고 새싹 밀어내는 감나무엔
아직도 깡마른 까치밥이 대롱거린다

입김은 아픈 시간 지우며 스러지고
감잎에 맺힌 햇살 한 점 흘러
복수초 노란 꽃망울에 배어들면

배시시 깨어나
한 번도 잠든 적 없던 봄이
거기 있었음을

말벌의 시

지난여름
말벌이 감나무에 집을 지었다

좁은 문틈으로 달이 뜨고
안팎으로 갓 태어난 별들이 빼곡했다

태어난다는 것은
우주 한 귀퉁이에 빛이 되고 싶은 치열한 날갯짓

산다는 것은 퇴화한 중력이
발밑이 아니라 겨드랑이 밑으로 점점 옮겨가는 것
낙과落果는 여전히 날고 있다는 증거다
때가 되면 오류는 자연스레 바로잡힐 것

재봉틀 바늘처럼 허공에 쐐기를 박는 막대기들
별별 사냥꾼이 설치고 다니는 바람에
온 우주가 난리다

성난 가을이 날개를 접고
하얀 별이 꿈틀거린다

늦더위

오래된 선풍기 날개에 매달려 덜그럭거리는
더위의 찌꺼기들

첫사랑에게 당한 이유 없는 이별 통보처럼
연신 고개를 갸웃거리며
질기게 달라붙어 있다

붙잡지 않아도 아프지 않고
붙잡아도 잡히지 않는
때가 되면 떠나도 되는
너 말고 그런 이별은 없다

집요하게 코끝만 노리는 파리의 기행도
곧 떠나게 될 아쉬운 발악이다

자판 사이를 휘적이는 손가락
끝내 고끝을 갈기고
오늘도
A4용지엔 새빨간 파리똥만 수북하다

눈사람

어제는 예고 없이 냉장고가 죽었다
장례식은 허술했으나
조문객이 많아 밤새 발걸음이 쌓였다

그는, 등에 꽂힌 비수를 통해 몸 안에 들어온
질깃한 생명이었다가
사막의 모래처럼 성에로 사그라들었다

세상이 거짓말 밥먹듯 해대도 코가 멀쩡한 이유는
죽은 냉장고에서 꺼낸 당근으로
코를 만들어서 그렇다

오늘은 밤새도록 모래가 내릴 것이다
모래를 돌돌 돌 굴려 거기 아직,
빨간 사과가 남아 있다면 심장을 만들어줘야겠다

바람의 시심

숲에서 불면 숲의 색
바다에서 불면 바다 색

숲과 바다가 가득한
마음에서 불면 마음의 색

색깔도 없이 불어오는
강한 이 회오리는

나에게 어떤
태풍으로 소용돌이칠까

제2부

아침을 꺼내는 자판기

거뭇한 동전 몇 개로 자판기를 찔렀다 지친 땡볕이 떨어지다 덜커덕거린다 노력한 만큼 셈이 되지 않는 질긋한 하루가 막다른 곳에 갇힌다 핏줄 불거진 손등이 쭈글한 철 상자 속을 휘젓는다 성난 발길질이 진한 어둠 속으로 페이드아웃 된다

밤을 밀어내기 위해 오늘 밤 별은 유난히 수다스럽다 어떤 사연으로 저렇게 광활할 수 있는지 백지로 덮인 나는 별이 경이롭다 움직이지 않고도 흐르는 것은 눈물과 별이다 너에게 가는 마음이다 셈이 끝나지 않은 하루가 마저 계산되기를 기대하며 허락 없이 너의 별에 올라탄다 바람이 밤을 헤집고 돌아다녀도 어둠이 물들지 않는 이유를 묻는다

운동화 끈이 땅바닥을 핥다 혀가 물린다 길이 거꾸로 열리면 과거를 바꿀 수도 있다 너는 잃어버린 것이 아니라 계속 찾아내도 내 것이 아닌 보물찾기 같은 것 마지막 남은 동전으로 겹겹이 덮인 어둠을 늘추고 버튼을 누른다 탄산수 같은 알싸한 아침을 꺼낸다

달의 잔상

손마디마다 물집이 들어앉았다
손바닥이 달동네가 되었다

달동네는 밤의 천국
꽁초에 뻑뻑한 숨을 고르며 불을 붙여도
그 빛이 화려하다
잦은 정전으로 초를 밝히면 네온처럼 멀리 흔들린다

힘을 쓰려면 힘을 빼야 했다
고개 숙일 줄 알아야 했다
마음을 던질 줄 알아야 했다

산다는 것은 결국
모든 것에 힘을 쓰는 일,
움켜쥐면 다시 놓을 줄 모르는 내 손바닥
여전히 둥근 달이 떠 있다

술래잡기

무궁화 꽃이 피었습니다
무궁화 꽃이 폈습니다

찰나의 정적,
돌아보지 않아도 알 수 있다
모든 무질서는 어둠 속에 갇혀

소리는 고요를 만들고
움직임은 멈춤의 순간이다

질서를 깨뜨리는 것도
눈치를 살피다 제풀에 코를 박는 놈이거나
열까지 수를 세지 않는 술래 탓이 아니다

뇌의 부피보다 큰 호기심은
해가 지도록 알 수 없었다

왜
그늘에 핀 꽃이
숨어 핀 꽃이 되는지

사이코패스

복날, 몽둥이질을 피해 구들로 기어 들어간 황구를 부뚜
막 앞에서 꼬드기며 내는 소리는
　아랫입술에 혓바닥을 척척거리며 붙였다 떼며 내는 소리
였다

　밥 줄 때 부르는 소리

　부지깽이가 평화로운 대낮을 훔쳐 어둠 속으로 내동댕이
쳤다
　소리가 두려움으로 전이되고 있었다

　손가락이 두 개나 없는 판술 아저씨가 무릎까지 꿇고 부
르는데 어둠 속 노란 눈빛은 자꾸만 더 작아지고

　밥을 주더니 밥이 되라 했다
　빛을 훔쳐가더니 빛을 주었다

　씨발, 장작에 불을 붙였다 판술 아저씨의 휘파람 소리가

붕어빵 낚시

　헐거워진 넥타이가 낚시터에 줄을 서면 시작되었다 쪼임에서 해방된 하루를 보상하는 것이라 자위했다 호기심의 천적은 유혹이 분명하다 생태계의 역류 현상을 염려하면서도 은근 그럴 일은 없을 것이라 믿었다 그 보상도 천원 정도가 대부분이었다 판도라의 상자를 연 것은 챔질이 아니라 입질이 시작이었다 변명이나 나불거리다 보면 통째로 먹는 놈을 대물, 머리부터 먹는 놈을 먹을 줄 아는 놈, 꼬리라도 먹는 놈을 그래도 줄 하난 있는 놈, 지느러미를 뜯어먹는 놈을 건달, 껍질을 벗겨 먹는 놈을 양아치라 했다 그 중 하나는 사실일 것 같은 입소문이 노릇하게 구워지면 한 번씩 바닥을 뒤집어 물때를 맞추곤 하는데 이때가 챔질의 순간이다

　터진 내장에 얼른 헛바닥을 갖다 댄 나는 어느 미끼를 물다 잡혀 온 놈일까, 빌어먹을

길고양이 신발 신기

먹이사슬 하층계급의 개체 수 부족 현상은
종량제봉투를 뚫고 나온 생선 대가리와는 분명,
별개 문제일 것이다

바람이 나무에 등을 대고 나무는 바람에 등을 내주다 기
울고
꽃들 틈새 버거운 화병에만 꽃을 피운다
그림자 잃은 가로등 가출한 지 오래

도심 한복판 울음소리 내면 안 된다
요즘 암수 구별 없으니
어린아이 울음소리 따윈 어림도 없고
뒷걸음치듯 엉덩이를 치켜세우는 자세는
더욱 조심해야 할 일이다

배 속에서 꼬르륵 소리가 죽어간다
생태계의 질서는
접힌 신문지 위에서 고작 괄약근 하나의 힘으로 버티고
있다

꺾인 골목길만 돌면 막다른 길
닫힌 철 대문 사이로 새어 나온 불빛이
오늘도 말 건넨다

배고프면 밥 먹고 가

유혹

스스로는 깨지 못하는
깨지기 쉬운 유리구슬

굴러다니다 턱, 막히다 까이다 파이다
흙 묻은 옷에 쓱싹 광을 내는 페이소스pathos

욕심은 한낮의 그림자 같은 것
방향에 따라 달라지는 크기에 눈금은 없다

빈 잔에 채운 붉은 와인도 욕심이라면
내게로 와서
빛을 품었거나 등지고 서 있는 것이다

독방

하늘에서 둔탁한 철손이 내려와 임금을 덥석 물고 올라
간다 개뿔 신하 하나 거느리지 못하는 최저임금이다 고철
비철 구리를 주워오는 우리 동네 대박자원 아저씨 철손이
짓이겨준 하루를 주머니에 챙겨 넣고 동료도 배식도 없는
컨테이너에 들어가 불도 켜지 않았다

어둑한 벽이 쭈그러진 배꼽을 쪼개면
신도시 아파트에서 발원한 은하수가 순식간에 범람하고
마는 턱 낮은 방

임금의 척추 몇 마디가 우두둑우두둑 자리를 잡는다

로드킬

길고양이 밥그릇
떠먹는 요구르트 빈 용기가 납작 엎드려 있어
시간에 쫓기다 잘린 아르바이트생의
캔맥주도 절룩거리고 다닌다

아니아니 나는 뭐냐고
아침에 태어났는데…
괜찮아
그래그래 너는 누워 있는 것들을 일으켜 세우잖아

밤은 불빛을 치고 달아난 뺑소니범으로 수배됐어
도시는 공동묘지야 울쑥불쑥 사연도 참 많은
잠이 오질 않아
낮에 아무도 없는 시끄러운 도로 위에
혼자 있었던 탓일까
아니 차만 많은 한적한 도로였던가

하얗게 센 머리카락 속에서
이름들이 하나씩 죽어간다

코로나 사피엔스

진화의 마지막 단계는 침묵이다

바이러스에 의해 먹고 마시는 것 외에는
모조리 자멸한 퇴화의 찌꺼기들
입속에서 소란하게 말라가는 중이다

침묵은
귀가 자라면서
하얀 강보에 귀를 넣고 키운다

말하는 기능이 퇴화한 것은 부작용이 아니라
침묵이 행하는 강제와 동요의 순작용

진화란
혼자 있어 외로운 것이 아니고
어울려 있으며 스스로 선택하는 고립이다

귓등 뿌리를 밀어 올린 통통한 고무줄 끝에
기형적으로 귀가 자란다

달동네

앨버트로스 둥지 위로 장대비 내린다

빛을 사냥당한 한낮의 거리엔 별이 굴러다닌다
별은 자동차 바퀴에서 튀어 올라
방황하는 걸음들 사이 불꽃처럼 폭발한다
별나라 비행하는 내 우산은 어디쯤일까

앨버트로스가 날개를 폈다

보이는 것과 보이지 않는 것이 명확해진다
중요한 것은 하늘은 다 가려지지 않는다는 것
비를 피하는 대신 하늘 볼 수 없고
비를 피하지 못하는 대신 하늘을 볼 수 있다면
어떤 선택이 진리일까

앨버트로스의 뒤통수가 궁금하다

나에게 달려들던 자동차 불빛이 빗물 속으로 흐른다
빗속에서 방향지시등은 방향을 잃고 있다

둥지 앞 횡단보도가 흔들린다

날고 싶다면 일단 뛰어야 할 시간이다

___ 제3부

물처럼 흐르다

　나이를 담보로 삶을 대출받아 공짜인 듯 잘 써오다 얼마
전 담보가치 하락으로 대출 조건 변경 불가피를 통보받았
다 재감정을 통해 대출한도와 기한연장의 조건이 변경될
것이라 했다 그나마 건실하게 살았으니 금리는 안정적일
거라는 위로는 허투루 들렸다 자주 사용하던 동전 파스처
럼 견뎌야 할 시간은 살이며 뼈마디마다 속도를 키워댔고
애초에 미물로 발원지를 떠난 무한가치의 내 담보는 심한
멀미를 앓고 있었다 후회라는 이자를 몇 곱절 더 얹어 대출
의 변제방법을 제안했다 나이에 더해 제시된 추가 담보는
약속과 실천이라 했다 물처럼 흐르다 보면 대출은 깔끔하
게 자동 상환될 것이라 했다

감을 깎다

감은 명사였으나 진행형 동사다
우악한 칼질에 명사에서 동사로 변하는
가고 싶어도 갈 수 없는 감

까치를 잘만 피하면
봄에서 겨울로
다시 봄에서 겨울로 흘러가는 감

흐른다는 것은 버린다는 의미의 진행형
비바람을 견딘 이유도 곱게 치장하는 이유도
애초에 내 것이 아니었음을 알아가는 과정이다
버리고 가서 곧 감이 될 것이다

호되게 서리를 맞고서
아내와 투닥거리던 생채기를 도려내
바람에 죄를 씻는다
감이 가는 길은 돌아오는 길이다

은행나무

고향이 애매한 너도
도심 복판에서 길 잃고
계절이 서러워
목 놓아 강이 되었구나

충돌하는 섬마다 태생 타령이니
매일같이 아팠을 흐름을 이끌고
빌딩 숲 사이 절름거리며 걷는구나

상처는 무늬가 되고
고통이 열매 되는
오롯이 사랑하는 사람
독한 향기로 지켜내고 있구나

휩쓸린 세월 가지런히 모아
다독다독 물길 열어
서럽도록 울고 있는

저 노란 강물에

백발로 멱을 감는 나는
중생대 어디쯤 흘러온 화석일까

톱

　제재소 띠톱 소리 멈출 때마다 동네 사람들은 밥때를 가늠하곤 했다 원목장에선 나무 등껍질로 겨울 땔감을 장만하려는 뒷집 쌍둥이네 형제와 위험하니 들어오지 말라는 제재소 아저씨 다투는 소리가 다반사였다 그래도 겨울 땔감이 멱살잡이 몇 번으로 채워지는 것은 은근 먹히는 싸움이었다

　한여름 폭염의 난장질도 제재소에선 회포대 종이 하나면 거뜬했다 기술자 아버지의 양어깨에 깊은 흉터를 문신해대면 그만이었다 익모초즙을 무슨 물 마시듯 했고 곰삭은 젓갈 냄새가 몸에서 떨어져 나와 밥상 위에 널브러져야 용케 버텨 낸 아버지의 하루가 저무는 제재소 사택에 살았다

　고된 아버지의 심기는 때때로 막걸리 한잔 걸치면 뭉툭한 빨랫방망이로 양은 대야를 두들겨 댔다 어머니 잔소리와 나의 고까운 시선을 두들겨 패기도 했다 마른 은행나무 가지에 새싹 대신 까마귀가 더덕더덕 걸치던 날, 젊은 아버지는 사고로 지평선이 되어 누웠다

　회상은 앙칼진 흉터였다 시간은 시련과 단련을 주었지만

모난 것을 다듬어주지는 못했다 수 갈래 길을 헤매다 만난
가구를 만드는 나의 생업이 재단기의 둥근톱을 쓴다 톱 소리
가 밥상머리에 미심쩍은 눈초리로 각을 세운다 아들 녀석이
톱 소리에 진저리 친다 나는 톱 소리로 가족들의 밥값만큼
이명을 앓는 중이다

딱, 그것

꿈을 꾸었다
풀도 나무도 자라지 않는 사막 한가운데 서 있었다
터번에 둘둘 말린 검은 해가 지쳐 떨어지면
독오른 전갈의 꼬리 끝으로 별이 뜨는 곳

별을 보며 수를 셌다
지은 죄를 더하여 헤아려본다
별은 흐르는 강물
죄는 강을 떠도는 나룻배

밤마다 세었던
양의 마릿수와 죄의 수가 뒤엉켜 표류했다
허우적대다 움켜쥔 허공에
허구한 날 친구 찾고 술 즐겨 속 끓이던 아들
환한 미소가 걸려 있다

나를 닮은 딱,
그것이었다

물도 화석이 된다

수평이 무너져 물이 흐른다

거울 앞에
잘 흐르기 위해 어깨가 비뚤어졌나
생각하는데

설거지를 도와주지 않는다며 아내는
심보가 곱지 못해 어깨가 비뚤어진 거라 한다

일터에 나갈 때마다 둘러메는 가방은
내려앉은 어깨에만 매달린다
수평을 맞추려 반대쪽에 메면 내가,
흐르다 멈춘다

물이 흘러야
또
수평이 맞춰질 텐데

50년 묵은 고집 꿈쩍도 않는다

텃밭

텃밭에 개망초꽃이 보기 좋아 그냥 두었습니다 상추 오이 토마토 대신 훌쩍 키를 키운 개망초 바다 되었습니다 파도 속에 여름이 자라며 햇볕을 모읍니다 햇볕이 가득 차면 하늘이 없어지거나 땅이 솟구쳐 오르기도 합니다 수평선은 별이 드나드는 입구입니다 은하수에는 물고기 떼가 금세 몸집을 키웁니다 고래상어나 혹등고래가 헤엄쳐 다닙니다

무더위를 털어낸 찌르레기 소리 저녁 밥상에 차려집니다 밥 먹을 때마다 먹거리 푸성귀가 아쉽다며 잔소리 즐기는 아내와 어머니 성화에 계절의 끝자락이 들썩거립니다

"일은 미루면 안 된다"
"게을러서 큰일이다"

목이 긴 고무장화 신고 개망초 바다에 잔소리 미끼 삼아 날 서린 낚싯대를 던졌습니다 놀란 바다가 경계를 허물면 하늘 한 수 낚아 그곳으로 텃밭을 옮겨야겠습니다

달구지

아버지는 스스로 꿈을 찾는 여행자가 아니었다

"조막만한 쇠파리도 소 등짝에서 지 밥벌이는 허고 사는
것인디, 안그려?"
　할아버지의 몽당한 부지깽이에서 가래 끓는 소리가 길어
졌다
　아버지가 소를 버리고 지평선을 등진 이유였다

　징개 맹경 외야미들* 새벽 댓바람은 깡마른 등에서 하얀
입김을 뿜어 댔다
　웅덩이를 지날 때마다 푹푹 떨어져 나가는 눈물들
　강아지풀꽃 손바닥 위에 올려두고 둑길 사라질 때까지
누렁이를 불렀다
　먼발치 개 짖는 소리 만날 때마다 소 울음이 목구멍에 걸
렸다

　타향에서 아버지의 여행은
　가족을 완성시키며 이름을 잃어가는 과정이었다
　짊어진 짐 다 부리지 못한 채 다시 돌아온

아버지는

시뻘건 노을로 기억되는 이름 없는 여행자였다

*징개 맹경 외야미들 : 전북 김제시의 김제, 만경평야 일대를 일컬음.

그 말인즉슨

그때
한낮 말 울음소리가 치마폭을 뛰어다녔다
여름은 정지에서 태어났다
햇볕에 삭은 밀짚모자
부뚜막에 앉아 미역국을 들이켰다
말이 좋다고
좋은 말이라며
온 동네 말 잔치에
울 엄니
벌겋게 익은 들일로 말값을 셈하고
말을 잘 듣지 않는 말을 허리에 둘렀다
벼락 천불이 나도 풀지 않던 말

나는
지금껏 울 엄니 허리에 업힌 말이란 말이다

사과를 깎다

사각거리는 걸음이
가을 속으로
길을 내며 걷고 있다

소리에 묻어나는 빛깔들은
온통 붉거나 노랗고
알몸의 바다는 둥글다

길은 외길
끊길까 조급한 발걸음
갯벌 떠난 섬에 닿는다

다가갈수록 멀어지는 얼굴
베인 손끝으로
빨갛게 노을 번지는 수평선

너랑 살다 보니

장모님이 사준 애장품 피아노 연주를 즐기고
언니가 물려준 기타를 배우기도 하고
봄볕 우러나는 꽃차 한잔하며 음악을 자주 듣고
청치마 청재킷이 잘 어울리던 아내

몸짓은 다소곳
말과 웃음소리엔 수줍음 배어
보호본능을 자극했던 아내가

커피 탈 때 스푼 젓는 일
청소기 밀고 다니는 일
운전할 때 핸들 꺾는 일
문자메시지 확인할 때 손가락 터치하는 일
가령 그런 일들이
일상적인 속도에 가속으로 빠르고 거칠어졌다

급하고 큰 동작이 불편해 문득
그 이유를 물었더니

"너랑 살다 보니 그렇다"

_____ 제4부

Σ

전체가 쪼개지면 부분이 되는데 부분이 합해지면 부분 부분이다 사랑도
쪼개졌다 합해지면 부분 부분을 사랑할 수 있을까 그 부분의 합은 더
큰 크기가 가능할까 크기가 크다면 상처 없이 온전해질 수 있는 걸
까 구름은 전체일까
바람을 만나 쪼개
지고 바람은 전체일
까 비를 만나 쪼개
지고 나는 전체 일
까 너를 만나 쪼개
지고 이처럼 무언
가를 만나 쪼개져
야 한다면 내게 일
어나는 지독히 괴로
운 분열들은 나를 만
난 너의 부분일까 아
니면 전체였을까 나는
너를 사랑한다 아니 나를 사랑한다 쪼개져 부분이고 싶지 않다 부
분의 합이 아닌 온전한 전체로 각인 되는 그런 사랑으로 전체의 합이
되고 싶다

여기 미완의 기호 속에 갇히다

시간의 숲

　다다른다는 것은 왜 끝이라는 착각이 들게 하는 걸까 새벽이 면도날에 베어질 때마다 일출은 턱에서 시작됐다 그런 날은 출발부터 삐걱거린다 네게 가는 길은 상아의 무덤처럼 은밀하다 도굴꾼의 손톱처럼 까맣다 태풍에 뭇매를 맞던 갯벌처럼 삐끗한 발이 빠져있다 다다를수록 맨발 맨손의 알몸이다 깨금발을 딛다 돌출된 것들이 숲이다 더 이상 움직일 수 없는 것들이 숲이다 숨어 있는 것들이 숲이다 습관처럼 길을 잃는다

　네가 숲이듯 나도 너에게 숲이다

　버스정류장에 걸려 있던
　주인 없는 기다림이 내 것이 되어 뜨끔뜨끔하다

이삭 줍는 밤

비움과 채움이 충돌하는 경계에

늦가을 햇볕 한 줌이 산다

긴 꼬리로 휘적휘적 들녘을 휘젓거나

온 하늘에 불을 싸지르거나

밤송이에 머리를 맞고 자지러지거나

절망과 환호를 번갈아 만들어 내는 버거운 몸짓이다

선을 그어 놓은 곳에 완벽함이란 어느 쪽으로도 기울지
않는다

익숙함은 서툶으로, 서툶은 다시 익숙함으로

은퇴한 건널목 지킴이의 하얀 머리카락은

끝내 늦가을 첫서리가 된다

나뒹그는 바람 한 점 옷매무새 안에서

야무지게 여미어진다

밤은 밤으로 엉덩방아를 찧는다

나침반

사막을 건너는 거북은
방향을 잃지 않는다

등껍질 속에 비집고 들어앉은
엄마의 바다

거기 나를 부르는
엄마의 손짓

뭘 먹을까

경계는 늘 아슬아슬하다
안과 밖
금을 긋는 사람의 발은 어디에 서 있는 걸까

밟고 있다면 타협
한발 걸쳤다면 기회주의자일까

옳고 그름의 경계는 어디부터 시작되는 걸까
나는 옳은 위치에서 나를 보고 있는 걸까

내가 네게 가는 것이 옳은 걸까
네가 내게 오는 것이 옳은 걸까

결정장애는 경계를 나눈 자의 몫
나는 끊임없이 나에게로 갈 뿐

그런데
오늘 점심은 짜장면이 좋을까
짬뽕이 좋을까

복면가왕

땅속에서 7년 남짓 산다
불뚝거리는 열정을 구부린 채

꿈이 맞서야 할 천적은 두려움
땅속까지 스며드는 바람의 말

용기가 깨지면 두려움은 밤안개처럼 번지지만
두려움이 깨지면 용기는 햇살처럼 퍼진다

시간은 낙엽처럼 떨어져 쌓인다
몸속에 물무늬 만들어 퍼지고 굳어진다
귀 기울여라 잔인했던 계절이여

미생으로 박제된 푸른 아리아
무대에 올라 가면을 벗는다

바람의 외침이 절박하다
미루나무도
자작나무도 허리 굽혀 가왕을 알현하라

부처님 오신 날

0.9평짜리
대문은 없고 경계만 있는 집

세렝게티의 초원을 누비던 맹수가 물을 찾는다
태초의 습지에서
초경의 비린내 물어온 새 한 마리 날개를 접는다
아직 열리지 않은 문으로 바람도 발 들이밀고
빈 바랑을 메고 돌아온
대처승의 곡차가 봄장마처럼 흐르는 곳

세상 밖 온갖 소리를 골라 먹는
검은 리모컨 홀로 집을 지켰다

와불臥佛로 현신한 황소개구리의
한쪽 귀는 손바닥에 붙어 있고
반대쪽 귀는 천장에 붙어 있다
면벽에 임하는 화두는
배고픔과 가려움을 견디는 것이다

관세음보살님의 청소기만 조심하면
휴일 하루는 해탈의 경지에 들 수도 있다

마스크

헛된 말로
지은 죄
용서를 구하고 싶은데
말하지도
먹지도 말라 합니다
입 안에 남은 찌꺼기는
어찌해야 합니까
당신의 하얀 마음
무지함 가려주시니
그 위로
손가락 하나 곧게 펴 얹습니다
쉬-잇
참,
고맙습니다

마중물

마을 샘에서 두레질이 도리질 칠 때
마당 한가운데 바오밥나무가 심어졌다
작두질*에 가분수가 뿌리내리고

펑크 난 타이어 바람 빠지는 소리
배춧속에 양념 지르는 소리
씨암탉 비틀린 목을 대야에 담근 소리
등목에 비명 지르는 소리

바오밥나무는
소리와 소리 속에서
뼛속까지 전이된 도망병과 함께 자랐다

빛이 없는 곳을 방황할 때
사랑에 속았던 눈물이 첫눈을 기다릴 때
외길에서도 길을 잃고 주저앉을 때

손 내밀어주던
바오밥나무 옆 실금 간 항아리에는

하늘이 한 바가지씩 사라지곤 했다

*작두질 : 우물펌프, 작두펌프라 불렸던 펌프를 작두 사용하는 것처럼 움직
여 지하수를 끌어 올렸음.

살았다

이제 너도 죽을 시간이야 어둠이 살아야 빛이 죽는다 죽
지 않으면 볼 수 없는 것들은 어둠 뒤에 숨어 빛처럼 살고
있다 이팝나무 가지 끝에 걸려 있던 바람이 제일 먼저 죽는
다 사과나무 사이를 헤집던 새소리도 죽는다

벼랑 위에서 줄 없는 번지점프를 했다 까마득한 추락, 얼
음이 깨지고 물속으로 빨려 들어갔다 저승사자의 먹먹한
음성이 허공에 엎드려 어둠을 지피고 있다 이제 정말 죽을
시간이야 식탁 위로 널브러진 어둠이 빛으로 환원되는 순
간,

"맛있는 밥이 지어졌습니다~ 쿠~쿠"

술자리

아침에 본 오늘의 운세는
별처럼 반짝이는 하루라 했다
어디에서 어떻게 무엇으로 반짝일지 궁금했다

요즘 밥벌이는 낮게 깔린 해무 같다
집으로 돌아가는 길이 보이지 않는다
헐렁한 지갑이 뚝 떨어진 태양을 먹어 치운다

별자리들이 제 자리를 잡고 눕는다
열두 개를 헤아리다 보면
열세 번째 별자리도 얼기설기 모양을 맞춘다

어둠을 먹는 바다
바다를 먹는 술병
술병을 먹는 별
별을 먹는 나

몸속에서 별들이 꽃을 피우면
나는 투명해지기 위해 물구나무를 선다

거꾸로 보이는 오늘
가장 반짝이는 순간은 열세 번째 별자리
술자리

___ 제5부

탈라리아*

술에 취한 그녀가 문득 바다 타령을 했다
일행들 사이를 휘젓고 다니는 그녀의 취기는 벌써
바다를 걷고 있다
발에 밟히는 것들은 제각각 다른 소리로 흔적이 되어
모래에 뿌리를 내리고 있지만 쑥쑥 뽑히고 만다

결코 가볍지 않았을 선택의 무게들이
바람 속에서 부딪히다 상처가 되었을까
숨구멍처럼 그녀의 발바닥에 날개가 돋는다

스스로 깡마른 나신의 목을 치고
손끝이 부리처럼 변해 가슴을 쪼아댄다
어둠이 쪼개지고 별이 쏟아지는 밤
마구 비가 내리고
떠다니던 고통의 섬들이 닻을 내린다

몇 산의 술과
몇 곡의 노래와
몇 마디의 위로와

나의 따뜻한 포옹

지금은 원죄를 지우는 축제의 시간이다
존재하지 않을 것 같지만 존재하는 아침을 찾아
그녀, 탈라리아 어둠을 탐한다

*탈라리아Talaria : 그리스 신화에 등장하는 헤르메스가 신었던 날개 달린 샌들.

별꽃

그림 한 점이 찻집 무거운 문을 밀고 들어와 허름한 벽에 등을 붙이고 모로 누웠다 아득한 우주 공간이 입을 벌렸다 블랙홀이다 시간을 쪼개고 또 쪼개는 대로 집어삼켰다 별 밭에는 반면의 소녀가 파종한 동물들이 주렁주렁 열리고 그중 가장 힘 센 놈이 무표정한 소녀의 길잡이로 낙점이다 소녀는 찻잔이 놓인 낡은 나무 탁자를 타고 거우듬히 별과 별 사이를 항해 중이었다

마주 선
그의 뒷모습

해진 구두에 흰 머리
손에는 연필과 공책
흑백사진 한 장

그 옛날
불 꺼진 등대 위 갈매기도
그렇게 서 있었다

별이

꽃으로 피어 화관을 씌우고
소녀의 등으로 돋아나는 날개

그림이 불을 끄고 찻집엔 비 내린다
그는 우산도 없다

인연

해랑기차*를 타는 여행
역방향 창가 좌석에 앉았다

멀리 보이는 것은 여유로운데
조급한 것은 가까운 곳에서만 부산하다

가까운 곳만 보고 사느라 놓치고 지나간 것들이 잠시
창에 걸렸다 툭툭 떨어져나간다

여름 초록이 들녘에서 산자락으로
긴 꼬리를 챙기는 동안
사람들 이야기는 하나둘 모양을 만든다

꿈꾸는 곳은 같아도
제각기 다른 곳에서 발원하여
말마다 고향을 떠올리며 달린다

이야기 하나하나 어디서 흘러들었건
해랑은 낯선 어둠을 뚫고

몽그작거리는 아침노을 속으로 향한다

우리는 모두
훤히 밝아오는 바다가 되기로 했다

*코레일에서 운영하는 고급 관광열차.

사다도四多島

제주도는 바람, 돌, 여자보다 방이 많다

서귀포 깎아지른 절벽 들꽃에 내려앉은 신혼부부의 웃음
소리에
한 방
성산 일출봉 가파른 계단 위에 걸터앉은 노부부의 주름진
미소에
두 방
산굼부리 억새꽃 사이 아장아장 걸어 다니는 어린아이 발
걸음에
세 방
바닷가에서 한라산 백록담까지 온 제주가 방 방 방

"여기를 보세요"
"하나 둘 셋"

잠시 멈춘 세상이 방마다 걸려 있다

매화

바람을 보지 못할 거라는 생각은 편견이다

앞을 보지 못해 아무 데나 부딪혀
멍이 들면 싹이 돋고
피가 나면 꽃이 피는

바람에 눈이 있을 거라는 생각은 편견이다

산을 비켜 내달리다
들판에 떨어진 햇살 꼬리 붙들어
휘적휘적 강으로 가는

흔들리며 흔들리며
바람 사이에서 길을 찾는 너는
어떤 마음으로 나에게 오는가

오징어 게임

바람이 무거운 날
쥐뿔도 더 무거운 날

땅바닥에 8자를 뉘여 놓고
그 위로 500원 동전을 패대기치면

'억' 하고 눈알 하나 떨어져 나갈 때까지
죽을힘 다해 패대기치다 보면

내 팔자 위로 그 동전,
50 '억' 으로 굴러떨어질까?

도깨비바늘꽃

실개천에 밤바람 고이면
서리하듯, 서리하듯
새벽을 껴안는

찔린 바늘 자국 사이로
새어 나오는
두건처럼 누명을 쓰고 오는

노란 꽃
꽁지 빠진

가엾은 이, 아침

사과꽃

설익은 봄바람에 맞서
들녘에 선
전사의 초경

단칼에 기다림의 목을 베는
붉은 웃음

사방으로 하얀 피 튀어
봄은 온통 전쟁터

낙과의 이유

완벽하면 남을 즐겁게 하지만
서투르면
자신을 단련시키는 계기가 된다

서투름이란
완벽함으로 익어가는
시간이 필요한 발효과정이다

짧은 가을 햇볕 사이로
사과 한 알
물구나무를 선다

꽃비

는개에 휘감긴 천변 벗나무들
비 맞은 강아지 젖은 몸을 털어내듯
비틀비틀 진저리 짓

봄 마중 몸살을 앓던 여린 순들은
길섶부터 슬금슬금 키를 키우더니
냅다 먼발치 들녘으로 뜀박질 짓

산비둘기 한 쌍 축축한 바람을 뚫고
냇가 굽은 도로 위를 달리다
꽃무늬 일렁이며 농 짓

하! 먹고사는 일에 치이는 나는
또 여기서
꽃비에 두들겨 맞으며 실실 헛웃음 짓

*이 시는 제2시집에 수록된 시 「사월, 꽃비 내리는…」을 수정하였음.

소나무꽃

사랑하는 마음 같아도
사랑하는 방법은 달라

하나는 보라
하나는 노랑

백 년을 기다려
한 몸으로 만나는 애절함

꽃이라 부르지 못해 더
애달픈 꽃

지고 나면
변하지 않는 사랑 굳셈으로

또 백 년을 기다리는
진정 꽃다운 꽃

*소설가 고 안일상 선생을 추모함.

해설

물구나무를 선 채 즐기는 축제의 시간
- 손혁건의 시

오홍진

　시집의 첫 시로 제시된 「허공으로 화살을 쏘다」에서 손혁건은 어둠에 물든 허공을 '그놈'이라고 생각하며 화살을 쏘고 있다. '그놈'이라는 대상이 나오지만, 실제로 시인은 텅 빈 허공을 향해 화살을 날렸다. 당연히 그놈에게 화살이 맞을 리 없다. 그래도 시인은 "그놈을 원망하지 않는다". 어떻게든 그놈을 붙잡아 "불멸의 사자"로 만들려면 아무런 망설임도 두려움도 없이 화살을 쏘아야 한다는 것을 시인은 잘 알고 있다. 하지만 허공 자체인 그놈을 잡는 일은 생각만큼 쉽지 않다. "허공은 화살을 먹고 몸집을 키운다"라는 시구에 나타나는 대로, 그놈에게 화살은 매일 먹는 밥과 같다. 화살을 쏘면 쏠수록 그놈의 몸집만 불리는 꼴이다. 허공에 화살을 날리는 방법 말고는 그놈을 잡을 방법이 없는데, 화살을 먹고 사는 게 그놈의 생리라서 시인은 그저 답답하기만 하다.

　허공에 화살을 날린다고 허공을 잡을 수 있는 것은 아니다. 시인이 이 점을 모를 리 없다. 그런데도 시인은 밤이 되면 허공을 향해 자꾸만 화살을 날리고, 아침이 오면 밤새 쏘았던 화살을 하나씩 거둬들인다. "잘못된 것을 재워야 세상이 밝아온다"라고 시인은 쓰고 있다. 잘못된 것이란 어둠에 물든 허공과 연관된다. 어둠이 몰고 오는 근원적 공포를 시인은 허공에 화살을 쏘는 행위로서 물리치려고 한다. 요컨대 허공에 화살을 쏨으로써 시인은 어둠의 공포와 맞닥뜨린다. 아침이 오면 어둠은 이내 물러나고, 환하게 타오르는 빛이 그 자리를 대신한다. 그놈은 바로 이 순간에 이름을 얻는다. 빛이 있기에 어둠이 있는 것이라고 말하면 어떨까? 허공에 걸리는 '금줄'은 무엇보다 이런 어둠을 가두는 힘으로 작용한다.

　금줄로 어둠을 가린다고 했지만, 밤이 오면 어둠은 다시 풀려 나와 허공을 물들인다. 손혁건의 시작(詩作)은 이리 보면 어둠에 물든 허공에 끊임없이 화살을 쏘는 행위와 다르지 않다고 할 수 있다. 그것은 두 눈을 부릅뜨고 공포와 대면하는 일이기도 하다. 망설임도 없이, 두려움도 없이 화살을 쏘아야 한다고 시인이 굳게 다짐하는 까닭은 여기에 있다. 두려움에 휩싸인 눈으로 어떻게 사물을 똑바로 바라볼까? 시 쓰기는 두려움 없는 마음으로 사물과 마주하는 데서 비롯된다. 절벽에서 한 걸음을 더 내딛는 상황을 가만히 떠올려 보라. 죽음에 대한 두려움을 떨쳐낸 사람만이 이 상황을 묵묵히 받아들일 수 있다. 어둠에 묻힌 허공을 향해 힘차게 활을 당기는 마음은 이 지점에서 시심(詩心)으로 거듭난다.

두려움이 없는 시심은 끊임없이 흐르는 시간의 이치와 밀접하게 연동되어 있다 「시곗바늘」에서 시인은 '12시 30분'과 '6시 30분'을 오가는 시간의 역학을 이야기한다. 12시 30분은 6시 30분을 향해 흐르고, 6시 30분은 12시 30분을 향해 흐른다. "정점의 시간"이 됐든, "가장 예의를 갖추는 시간"이 됐든 시간은 늘 삶과 죽음 사이를 오가며 변함없이 흐른다. 죽음을 두려워하는 인간은 그래서 흐르는 시간을 두려워한다. 시간 속에서 삶과 죽음이 반복되기 때문이다. 삶의 시간이 있으면 죽음의 시간도 있는 법이다. 삶과 죽음을 별다른 것으로 보는 순간 우리는 사물에 스며든 자연 이치를 들여다볼 수가 없다. 어제니, 오늘이니, 내일이니 하는 점(點)의 시간은 인간의 발명품일 뿐이다. 어제의 사물이 따로 있고 오늘/내일의 사물이 따로 있는 게 아니다.

전쟁은 끝났다
동백꽃 만발했다

전리품과 패잔병이 공존하는
붉은 들판 탈출하려는 작은 소동

복귀 알리는 검은 깃발이 꼬리 자를 때쯤
패잔병의 목을 쳐 전리품으로 얻은 꽃길
병사들의 밥 짓는 연기 잔인하다

작동을 멈춘 와이퍼 사이
꽁꽁 얼어붙은 한 뼘의 겨울 속에
필살의 한 수 들고 적진을 향했던 순간들

범종 소리에 목을 내놓고 마는
미완의 詩

- 「12월 31일」 전문

12월 31일은 한 해의 끝이다. 12월 31일이 지나면 한 해의 시작을 알리는 1월 1일이 온다. 해마다 1월 1일이 있고, 12월 31일이 있다. 인간은 1월 1일에서 12월 31일을 1년이라는 단위로 나누지만, 그것을 자연의 시간에 그대로 대입할 수는 없다. 시인은 한 해 동안 벌어지는 무수한 일들을 "전쟁"이라는 시어로 표현한다. 인간의 삶만 이런 게 아니다. 때를 따라 움직이는 자연 속 생물들 또한 "필살의 한 수 들고 적진을 향했던 순간들"을 항상 경험한다. 자연은 때를 어긴 생명에 자비를 베풀지 않는다. 때가 되면 꽃이 피고, 때가 되면 꽃이 지는 일상을 아무렇지 않게 반복한다. 정확히 말하면 자연은 이것과 저것을 분별하지 않는다. '12월 31일'만 해도 인간의 시선이 깊숙이 개입한 시간관념이 아닌가.

시인은 "범종 소리에 목을 내놓고 마는/미완의 詩"라는 시구로 이 시를 맺고 있다. 1월 1일 자정이 되면 범종 소리로 사람들은 새해를 기린다. 새로운 시작을 알리는 이 시간을 시인은 왜 "미완의 詩"와 연결 짓는 것일까? 우리는 12월 31일이 지나면 당연히 1월 1일이 온다고 생각한다. 흐르는 시간을 고

정된 단위로 나누어 구분하는 것이다. 하지만 자연은 12월 31일과 1월 1일을 분별하지 않는다. 그저 때를 맞추어 꽃을 피우고 꽃을 지게 할 뿐이다. 사물의 생리를 곧이곧대로 표현하는 게 자연이라고 말하면 어떨까? 이런 자연의 맥락에서 보면, 자연 사물을 노래하는 모든 시는 미완일 수밖에 없다. 인간이 끝이라고 생각하는 바로 그 지점에서 자연은 한 걸음을 더 내디뎌 새로운 길을 만들어낸다.

「알고 있었을까」에서 시인은 "한 번도 잠든 적 없는 봄"을 노래하고 있다. 깡마른 까치밥이 여전히 대롱거리는 한밤에도 감나무는 서늘한 빗줄기를 뚫고 가만히 새싹을 밀어 올린다. 감나무만 그럴까? 감잎에 맺힌 햇살을 받은 복수초는 노란 꽃망울을 터뜨린다. 모든 생명은 모든 생명과 이어져 있다. 시인은 "밤새, 귓불 적시는 빗소리"를 들으며 "한 번도 잠든 적 없던 봄"을 비로소 확인한다. 때가 되면 생명의 봄은 어김없이 온다. 아무리 차가운 바람이 불어도 봄은 이미 항상 거기에 있다. 누구나 알 수 있지만, 아무나 실천할 수 없는 그 힘을 시인은 시 쓰기를 통해 거듭 표현한다. 그가 노래하는 "미완의 詩"는 여기서 뻗어 나온다. 시간 속에서 이루어지되, 늘 시간 밖을 지향하는 시의 특성이 그것을 입증한다.

들끓는 봄의 생명력은 「말벌의 시」에도 그대로 드러난다. 감나무에 집을 지은 말벌을 보며 시인은 "태어난다는 것은/ 우주 한 귀퉁이에 빛이 되고 싶은 치열한 날갯짓"이라고 이야기한다. 하나의 생명이 탄생하면 온 우주가 들썩인다. 텅 빈 허공을 향해 쏘는 화살(「허공으로 화살을 쏘다」)이 이 시에서는 "재봉틀 바늘처럼 허공에 쐐기를 박는 막대기들"로 변주되어 나타난다. 허공을 뒤흔드는 사물이 화살이든, 막대기든 상관없다. 중요한 것은, 말벌이 치열하게 날갯짓하면 "온 우주가 난리"를 떤다는 사실이다. 말벌의 시간은 모든 생명의 시간과 이어져 있다. 말벌 하나가 온 우주를 감당한다는 말로 이 상황을 표현해도 좋다. 손혁건의 시는 무엇보다 한 사물이 온 우주와 이어지는 이 순간을 시 언어로 담아내려고 한다. 말벌처럼 치열한 날갯짓으로 우주 한 귀퉁이에 서린 빛에 다가가려 한다고나 할까?

손마디마다 물집이 들어앉았다
손바닥이 달동네가 되었다

달동네는 밤의 천국
꽁초에 빽빽한 숨을 고르며 불을 붙여도
그 빛이 화려하다
잦은 정전으로 초를 밝히면 네온처럼 멀리 흔들린다

힘을 쓰려면 힘을 빼야 했다
고개 숙일 줄 알아야 했다
마음을 던질 줄 알아야 했다

산다는 것은 결국
모든 것에 힘을 쓰는 일,
움켜쥐면 다시 놓을 줄 모르는 내 손바닥
여전히 둥근 달이 떠 있다

                                    - 「달의 잔상」 전문

손마디에 맺힌 물집을 보며 시인은 달동네를 떠올린다. "달동네는 밤의 천국"이다. 달과 가장 가까운 자리에 있으니 그럴 만하다. 지상에서는 멀고 하늘에서는 가까운 곳인만큼 달동네에서는 정전이 자주 일어난다. 촛불로 어둠을 몰아내는 달동네의 풍경을 보며 시인은 화려한 네온 빛이 멀리서 흔들리는 장면을 떠올린다. 삶이란 이런 것인지도 모른다. 누군가에는 참으로 빽빽한 삶의 빛이 또 다른 누군가에게는 아름다운 빛으로 보일 수 있다. 이것이 옳고 저것은 그르다고 얘기해 봤자, 네온처럼 흔들리는 촛불 빛이 달라지는 것은 아니다. 시인이 삶에 드리워진 이런 모순을 모를 리 없다. 마음을 비우면 당연히 세상 보는 눈도 달라질 것이다. "힘을 쓰려면 힘을 빼야 했다"라는 시구가 괜히 나온 게 아니다.

힘을 빼야 할 때는 힘을 빼고, 고개를 숙여야 할 때는 고개를 숙이고, 마음을 던져야 할 때는 마음을 던져야 한다는 점을 늘 곱씹어도, "산다는 것은 결국/모든 것에 힘을 쓰는 일"이라는 사실을 시인은 차마 내버릴 수가 없다. 모든 것에 힘을 쓰다 보니 손마디에는 끊임없이 물집이 잡히고, 손바닥에는 변함없이 달동네가 들어선다. 손바닥에 놓인 사물을 움켜쥐려면 힘을 줘야 한다. 힘을 주면 힘을 쓰게 되고, 그러면 고개를 숙일 수도, 마음을 던질 수도 없는 상황에 직면한다. 사물을 움켜쥐고 놓지 않으려는 욕심이 결국에는 손마디에 물집을 잡히게 하는 원인으로 작용하는 셈이다. 오늘도 시인은 모든 일에 힘을 쓰는 삶을 살았다. 손바닥에는 여전히 둥근 달이 떠 있고, 그 안에서 화려하게 흔들리는 네온 빛에 현혹되었다. 마음을 내던지고 사물을 보는 일은 이토록 힘든 것이다.

「술래잡기」를 참조하면, 모든 일에 힘을 쓰며 사는 삶은 사물을 향한 지독한 호기심과 연동되어 있다. 여기서 말하는 호기심은 모든 사물을 지배하려는 인간의 욕망을 가리킨다. 이들은 "찰나의 정적"을 견디지 못한다. 고요한 세계를 음미하려면 스스로 침묵하는 힘이 있어야 한다. 침묵하는 사람은 무슨 일이 일어나도 흔들리지 않는다. 침묵 속에서 모든 일을 감당한다. 침묵은 의미의 바깥에 있다. 의미가 수많은 소음으로 들끓는다면, 침묵은 이런 소음을 끊어냄으로써 인간의 의미와는 상관없는 자리를 맴돈다. 의미를 탐하는 존재만이 제풀에 넘어져 땅에 코를 박는다. 의미에 매인 사람이 어떻게 그늘에 숨어 피어난 꽃을 들여다볼 수 있을까? 그 모든 무질서를 어둠 속에 가두어놓는 게 바로 그늘이다. 그늘진 곳에서 핀 사물은 어떤 경우에도 자신을 내세우지 않는다. 스스로 힘을 뺀 채 찰나의 정적을 즐긴다.

진화의 마지막 단계는 침묵이다

바이러스에 의해 먹고 마시는 것 외에는
모조리 자멸한 퇴화의 찌꺼기들
입속에서 소란하게 말라가는 중이다

침묵은
귀가 자라면서

하얀 강보에 귀를 넣고 키운다

말하는 기능이 퇴화한 것은 부작용이 아니라
침묵이 행하는 강제와 동요의 순작용

진화란
혼자 있어 외로운 것이 아니고
어울려 있으며 스스로 선택하는 고립이다

귓등 뿌리를 밀어 올린 통통한 고무줄 끝에
기형적으로 귀가 자란다

–「코로나 사피엔스」 전문

   시인은 "진화의 마지막 단계"가 바로 침묵이라고 선언한
다. 침묵은 아무런 말을 하지 않는 게 아니다. 침묵하는 자 또
한 말해야 할 때는 분명히 말을 한다. 다만 침묵은 말하기보
다는 듣기에 집중하는 소통방식이라고 할 수 있다. 시인의 말
대로라면, "침묵은/귀가 자라면서/하얀 강보에 귀를 넣고 키
운다". 귀를 자라게 하려면 침묵을 지키며 상대가 하는 말을
겸손하게 들어야 한다. 입으로 하는 말싸움은 있을 수 있지
만, 귀로 하는 듣기 싸움은 있을 수 없다. 겸손하게 상대의 말
을 듣는 사람에게 그 누가 시비를 걸까? 겸손한 사람일수록
상대가 하는 말을 경청한다. 침묵으로 이루어지는 인류 진화
의 마지막 난제는 이리 보면 욕망하는 인간을 넘어서는 일과
밀접하게 이어져 있다. 욕망은 또 다른 욕망을 낳을 뿐이다.
말하기 기능에 치중하는 사람일수록 끊임없이 무언가를 욕망

하고 또 욕망한다.

침묵으로 귀를 키우는 사람은 다르다. 코로나바이러스가 퍼지면서 사람들은 마스크로 입을 가렸다. 말하는 기능이 자연스레 퇴화했다. 말하기는 침묵과는 먼 자리에 있다. 말이 많아지면 상대의 말을 제대로 들을 수가 없다. 상대가 들을 줄 아는 사람이라면 그나마 다행이지만, 상대마저 말하기에 집중한다면 결국 말싸움으로 이어질 수밖에 없다. 듣기에 집중하는 문화가 상대를 환대하는 문화와 다르지 않은 까닭은 여기에 있다. 환대하는 사람은 늘 타자의 말에 귀를 기울인다. 타자가 원하는 바를 아낌없이 베푸는 게 환대이기 때문이다. 침묵으로 타자와 대화하는 이들 역시 이런 환대의 방식을 무의식적으로 실천한다. 그들은 말로써 상대를 설득하거나 지배하려 하지 않는다. 그러기는커녕 상대의 말을 온전히 들을 준비를 하고 상대와 마주한다.

침묵이나 환대가 없는 사회의 문제는 「로드킬」에서 뚜렷하게 펼쳐진다. 무심코 도로를 지나던 짐승들이 자동차에 치여 비참하게 죽어간다. 자동차가 쏜살같이 내달리는 도시는 이제 숱한 동물들의 "공동묘지"가 되었다. 문명이 발달할수록 동물들은 더욱더 살 자리를 잃어가고 있다. 목적지에 이르는 시간을 아끼려는 인간의 욕심이 짐승들을 자꾸만 삶터에서 내몰고 있다. 인간 문명은 늘 효율성으로 사물을 평가한다. 돈이 되면 효율적이고 돈이 되지 않으면 비효율적이다. 자동차 도로를 만들면 짐승들의 이동로는 당연히 끊길 수밖에 없다. 이것을 알면서도 사람들은 짐승들이 이동할 길을 따로 만들지 않는다. 만들어도 생색만 낼 뿐이다. 길을 잃은 짐승들은 도로를 건너다가 차에 치여 죽는다. 시인은 이 상황을 "하얗게 센 머리카락 속에서/이름들이 하나씩 죽어간다"라는 시구로 표현한다.

> 흐른다는 것은 버린다는 의미의 진행형
> 비바람을 견딘 이유도 곱게 치장하는 이유도
> 애초에 내 것이 아니었음을 알아가는 과정이나
> 버리고 가서 곧 감이 될 것이다
>
> — 「감을 깎다」 부분

> 상처는 무늬가 되고
> 고통이 열매 되는
> 오롯이 사랑하는 사람
> 독한 향기로 지켜내고 있구나
>
> — 「은행나무」 부분

> 텃밭에 개망초꽃이 보기 좋아 그냥 두었습니다 상추 오이 토마토 대신 훌쩍 키를 키운 개망초 바다 되었습니다 파도 속에 여름이 자라며 햇볕을 모읍니다 햇볕이 가득 차면 하늘이 없어지거나 땅이 솟구쳐 오르기도 합니다 수평선은 별이 드나드는 입구입니다 은하수에는 물고기 떼가 금세 몸집을 키웁니다 고래상어나 혹등고래가 헤엄쳐 다닙니다
>
> — 「텃밭」 부분

'로드킬'은 문명의 시선으로 동물=자연을 바라볼 때 필

연적으로 일어난다. 문명과 자연을 분별하는 시선을 내려놓아야 로드킬과 같은 비극은 사라질 수 있다는 말이다. 「감을 깎다」에서 시인은 감나무에 달린 감에 빗대어 "흐른다는 것은 버린다는 의미의 진행형"이라고 분명히 말하고 있다. "내 것"에 매이면 흐를 수도 없고 버릴 수도 없다. 시간 속에서 감은 홍시가 되기도 하고, 곶감이 되기도 한다. 감만 이런 게 아니다. 모든 생명은 시간 속에서 무언가로 익고, 무언가로 변하기도 한다. 꽃이 떨어진 자리에 열매가 맺힌다. 꽃이 꽃으로 남기를 고집하면 열매로 가는 자연은 일어날 수가 없다. 시인의 말마따나 "애초에 내 것이 아니었음을 알아가는 과정"이 곧 생명의 자연이라는 점을 우리는 부정할 수 없다. '내 것'에 매인 인간의 문명이 이른 지점을 가만히 떠올려봐도 좋겠다.

「은행나무」에는 도심 복판에서 길을 잃고 빌딩 숲 사이를 절름거리며 걷는 은행나무가 나타난다. 상처가 무늬로 변하고, 고통이 열매로 거듭나는 세월을 은행나무는 숱하게 보냈다. 그 시간 동안 은행나무는 "오롯이 사랑하는 사람"을 "독한 향기"로 지켜왔다. 자연 사물은 '내 것'에 연연하지 않는다. 때가 되면 꽃을 피우고, 때가 되면 꽃을 떨어뜨려 열매가 맺히도록 한다. 적자생존이니, 약육강식이니 하는 말로 인간은 자연의 폭력성을 강조하지만, 실제 폭력은 '내 것'에 집착하는 인간이 뭇 생명들에게 가할 뿐이다. 이들은 흐르는 물을 가로막아 썩히고, 욕심을 버리지 못해 세상을 싸움판으로 만든다. 시인은 노란 잎이 강을 이룬 거리를 보며 문명의 이름으로 자연을 난도질하는 인간의 삶을 성찰한다. 그곳에서 짐승들은 차에 치여 죽어가고, 은행나무는 절름거리며 인간의 거리를 걷고 있다.

'내 것'에 매이지 않는 자연의 이치가 펼쳐지는 세계를 시인은 「텃밭」에서 상상하고 있다. 인간의 시선을 내려놓는 순간 텃밭은 "개망초 바다"로 돌변한다. "텃밭에 개망초꽃이 보기 좋아 그냥 두었습니다"라고 시인은 분명히 밝히고 있다. 인위적인 손질을 거의 하지 않은 텃밭은 고래상어나 혹등고래가 헤엄쳐 다니는 바다로 거듭난다. 로드킬이 빈번히 일어나는 도로에 견준다면, 개망초 바다가 된 텃밭은 뭇 생명을 살리는 자연의 모습을 상징적으로 표현한다. 손혁건은 인간의 손길이 거의 미치지 않는 텃밭을 상상함으로써 지금 우리가 지향해야 할 어떤 세계를 명확하게 보여준다. 텃밭에 인위가 개입하면 생명의 바다로 가는 길은 그만큼 더 멀어질 수밖에 없다. 인위는 통제와 통하는 말이다. 인간 중심의 문명을 세우려는 열망이 살아 있는 한, 인간은 자연을 통제하려는 마음을 내려놓으려고 하지 않을 것이다.

전체가 쪼개지면 부분이 되는데 부분이 합해지면 부분 부분이다 사랑도
쪼개졌다 합해지면 부분 부분을 사랑할 수 있을까 그 부분의 합은 더
큰 크기가 가능할까 크기가 크다면 상처 없이 온전해질 수 있는 걸
까 구름은 전체일까
바람을 만나 쪼개
지고 바람은 전체일
까 비를 만나 쪼개

지고 나는 전체 일

까 너를 만나 쪼개

지고 이처럼 무언

가를 만나 쪼개져

야 한다면 내게 일

어나는 지독히 괴로

운 분열들은 나를 만

난 너의 부분일까 아

니면 전체였을까 나는

너를 사랑한다 아니 나를 사랑한다 쪼개져 부분이고 싶지 않다 부
분의 합이 아닌 온전한 전체로 각인 되는 그런 사랑으로 전체의 합이
되고 싶다

여기 미완의 기호 속에 갇히다

－「Σ」전문

　위 시에서 시인은 전체와 부분의 관계를 시적으로 성찰하
고 있다. 전체가 쪼개지면 부분이 된다. 쪼개진 부분이 합쳐
지면 다시 전체가 되는 것일까? 구름이 전체일까, 라고 시인
은 묻는다. 바람을 만나면 쪼개질 테니 전체로서 구름은 이내
부분으로 변한다. 바람은 그럼 전체일까? 비를 만나면 쪼개
질 테니 바람 또한 부분이라고 할 수 있다. 나와 너의 관계도
마찬가지다. 나는 너를 만나 쪼개질 테니 말이다. 부분의 합
을 그저 전체라고 말하면 전체는 부분들이 모여 이루어지는
무언가일 뿐이다. 전체를 나눈 게 부분이라고 한다면, 부분은
전체의 한 부분으로서만 존재할 뿐이다. 불교의 화엄론에서

는 한 먼지 속에 거대한 세계가 들어 있다고 이야기한다. 먼지는 거대한 세계를 떠다니므로 거대한 세계에 한 먼지가 있다는 말도 성립한다. 세계를 어떻게 보느냐에 따라 전체와 부분의 관계는 달라진다는 말이겠다.

시인은 또 묻는다. 무언가를 만나 쪼개지는 게 세상 이치라면, "내게 일어나는 지독히 괴로운 분열들은 나를 만난 너의 부분일까 아니면 전체였을까"라고. 내가 끊임없이 분열한다는 것은, 시간 속에서 끊임없이 변하는 게 바로 '나'라는 점을 인정하는 게 된다. 정확히 말하면 내 속에는 너의 흔적들이 숱하게 새겨져 있다. 너, 곧 타자를 무시하고는 내가 성립할 수 없다는 말이다. 너를 사랑한다는 말은 이리 보면 너 속에 있는 또 다른 나를 사랑한다는 말과 같다. 온전한 내가 없듯 온전한 너도 없다. '나'를 중심에 세운 채 '너'를 제대로 사랑할 수 없는 까닭은 여기에 있다. 시인은 "부분의 합이 아닌 온전한 전체로 각인되는 그런 사랑"을 말하고 있다. 수많은 '너'가 모인다고 '나'가 만들어지는 것은 아니다. 너를 온전한 전체로 받아들이면 나 또한 온전한 전체로 받아들여진다. 중요한 것은, 전체도 부분도 아니고 그것을 대하는 마음가짐이다.

시인은 "여기 미완의 기호 속에 갇히다"라는 시구로 시를 맺고 있다. 미완의 기호란 시그마(Σ)를 가리킨다. 시그마 기호를 형체로 하여 시인은 전체와 부분이 맺는 불가분의 관계를 깊이 있게 사유한다. 무언가에 집착하면 그 무언가가 세운 울타리를 벗어날 수 없다. 시적 사유란 울타리 안에서 이루어지지 않는다. 울타리를 벗어나야 비로소 시적 사유가 펼쳐진다. 우물에 갇힌 개구리가 어떻게 먼지 속에 드리워진 거대한 세계를 들여다볼 수 있을 것인가? 부분으로 전체를 판단할 수 없고, 전체로서 부분을 평가할 수는 없다. 전체와 부분의 관계를 알려면 전체와 부분을 하나면서 둘로 여기는 마음가짐이 필요하다. 나와 너는 둘이면서 하나이기에 관계를 맺을 수 있다. 나에 집착하면 너가 보일 리 없고, 너에 집착하면 나가 보일 리 없다. 나와 너의 경계에서 나와 너의 관계를 사유하는 묘미는 여기서 뻗어 나온다.

경계는 늘 아슬아슬하다
안과 밖
금을 긋는 사람의 발은 어디에 서 있는 걸까

밟고 있다면 타협
한발 걸쳤다면 기회주의자일까

옳고 그름의 경계는 어디부터 시작되는 걸까
나는 옳은 위치에서 나를 보고 있는 걸까

내가 네게 가는 것이 옳은 걸까
네가 내게 오는 것이 옳은 걸까

　　　　　　　　　　　　　　　　　　－「뭘 먹을까」 부분

땅속에서 7년 남짓 산다
불뚝거리는 열정을 구부린 채

꿈이 맞서야 할 천적은 두려움

땅속까지 스며드는 바람의 말

용기가 깨지면 두려움은 밤안개처럼 번지지만
두려움이 깨지면 용기는 햇살처럼 퍼진다

- 「복면가왕」 부분

「뭘 먹을까」에서 시인은 아슬아슬한 경계를 이야기하고 있다. 우리는 늘 안과 밖의 경계에 서 있다. 안이 성립하려면 밖이 있어야 하고, 밖이 성립하려면 안이 있어야 한다. 안과 밖으로 하나면서 둘인 관계를 형성한다. 안으로 밖을 평가하거나, 밖으로 안을 평가하는 것은 그래서 우매한 일이 되어버린다. 금을 긋는 사람이 금을 밟고 있다면 '타협'이 되고, 한 발 걸쳤다면 기회주의자가 되는 것일까? 애초부터 타협과 기회주의를 나누는 기준이 무엇인가? 이렇게 보면 이것이 옳고, 저렇게 보면 저것이 옳은 상황을 지금 우리는 아무렇지 않은 마음으로 살고 있다. 자기 마음에 이것이 새겨져 있으면 이것이 당연히 옳게 되고, 저것이 새겨져 있으면 저것이 당연히 옳게 된다. 시인은 "나는 옳은 위치에서 나를 보고 있는 걸까"라고 거듭 묻는다. 시 쓰기란 어찌 보면 이런 물음에서 비롯되는 일인지도 모른다. 자신이 서 있는 자리를 끊임없이 되돌아보지 않고 어떻게 시를 쓸 수 있을까?

「복면가왕」에는 땅속에서 7년을 견디다가 지상으로 나와 7일 동안 노래를 부르고는 목숨을 버리는 매미가 나온다. 열정이 없는 존재가 어떻게 7년이라는 세월을 땅속에서 견딜까?

시인은 "꿈이 맞서야 할 천적은 두려움"이라고 분명하게 선언한다. 두려움만큼 생명을 좀먹는 감정이 어디에 있을까? 마음 깊은 자리에서 두려움이 밀려올 때마다 매미는 땅속까지 스며드는 바람의 말에 귀를 기울였다. 바람은 용기와 두려움을 한 묶음으로 이야기한다. 용기가 커지면 두려움이 물러나고, 두려움이 커지면 용기가 물러난다. 7일 동안 노래를 부른 매미는 그러니까 더 없는 용기로 두려움을 물리친 생명이라고 할 수 있다. 이런 매미를 어떻게 가왕(歌王)이라고 부르지 않을 수 있을까? 경계에 선 존재는 늘 절박하다. 절벽에서 한 걸음을 더 내딛으려는 마음을 그는 마음 깊이 품고 있다.

　죽음을 각오해야 비로소 사는 일을 시인은 「살았다」에서 명쾌하게 묘사하고 있다. 어둠이 살려면 빛이 죽어야 하고, 빛이 살려면 어둠이 죽어야 한다. 언어로 사물의 심연을 드러내야 하는 시인 또한 마찬가지다. 눈에 보이지 않는 것들은 늘 "어둠 뒤에 숨어 빛처럼 살고 있다". 이것들과 마주하려면 스스로 어둠이 되거나 아니면 빛이 되어야 한다. 시인은 벼랑 위에서 줄 없이 번지점프를 하는 상황을 상상한다. 이대로 추락한다면 살아날 가능성은 전혀 없다. 모든 것을 포기하고 죽음을 온전히 받아들이는 순간 시인은 맛있는 밥이 지어졌다는 기계음을 듣는다. 밥 하나를 짓는 일에도 삶과 죽음이 공존한다. 쌀이 쌀을 고집하면 밥으로 가는 길은 그만큼 멀어진다. 쌀이 자기를 내려놓고 밥으로 변하는 순간을 시인은 죽음을 기꺼이 받아들이는 순간으로 표현한다. 죽음을 각오해야 쌀은 밥이 될 수 있고, 죽음을 각오해야 시인은 사물의 심연으로 들어갈 수 있다.

「마스크」에 표현된 대로, "당신의 하얀 마음"과 마주하려면 "말하지도/먹지도 말라"는 금기를 지켜야 한다. 헛된 말로 죄를 지은 사람이 말로 용서를 구할 수는 없다. 침묵의 미덕을 적극적으로 실천해야만 그는 비로소 말로 지은 죄를 용서받을 수 있다. 침묵을 지킨다는 건 상대의 의견을 전폭적으로 받아들인다는 걸 의미한다. 이때가 되어서야 당신은 특유의 하얀 마음을 열어젖힌다. 시인은 당신의 하얀 마음 위에 손가락 하나를 곧게 펴 얹고는 "참, 고맙습니다"라고 읊조린다. 헛된 말로 사람들을 현혹할 때는 이런 마음이 생기지 않는다. 마음을 비우고 당신과 마주한 존재만이 마음 깊은 자리에서 밀려 나오는 고마움을 느낄 수 있다. 당신은 하얀 마음을 내보일 따름이다. 그 마음을 받아들이냐 마느냐의 여부는 오로지 용서를 구하는 사람에게 달려 있다.

술에 취한 그녀가 문득 바다 타령을 했다
일행들 사이를 휘젓고 다니는 그녀의 취기는 벌써
바다를 걷고 있다
발에 밟히는 것들은 제각각 다른 소리로 흔적이 되어
모래에 뿌리를 내리고 있지만 쑥쑥 뽑히고 만다

결코 가볍지 않았을 선택의 무게들이
바람 속에서 부딪히다 상처가 되었을까
숨구멍처럼 그녀의 발바닥에 날개가 돋는다

스스로 깡마른 나신의 목을 치고

손끝이 부리처럼 변해 가슴을 쪼아댄다
어둠이 쪼개지고 별이 쏟아지는 밤
마구 비가 내리고
떠다니던 고통의 섬들이 닻을 내린다

몇 잔의 술과
몇 곡의 노래와
몇 마디의 위로와
나의 따뜻한 포옹

지금은 원죄를 지우는 축제의 시간이다
존재하지 않을 것 같지만 존재하는 아침을 찾아
그녀, 탈라리아 어둠을 탐한다

-「탈라리아」 전문

탈라리아(Talaria)는 헤르메스가 신었던 날개 달린 샌들을 가리킨다. 이 샌들을 신고 헤르메스는 제우스의 명령을 사방에 전한다. 시인은 술에 취한 여인의 발바닥에서 이 날개가 돋는 걸 상상한다. 쪼개진 어둠 사이로 별이 쏟아지는 밤, 여인은 "원죄를 지우는 축제의 시간"을 흠뻑 즐기고 있다. 헛된 말로 지은 죄를 용서받으려면 텅 빈 마음으로 당신을 대해야 한다고 했다. 축제의 시간은 통념이 지배하는 일상의 시간과는 다른 자리에서 뻗어 나온다. 여인의 발바닥에 날개가 돋는 현상은 일상에서는 일어나지 않는다. 일상의 바깥으로 나간 존재만이 발바닥에 날개를 달고 하늘로 치솟는 여인을 볼 수 있다. 시인은 "고통의 섬들이 닻을" 내리는 이 시간에 "몇 잔의 술과/몇 곡의 노래와/몇 마디의 위로와/나의 따뜻한 포옹"으로 술에 취한 여인과 더불어 축제의 시간을 즐긴다.

축제의 시간은 "존재하지 않을 것 같지만 존재하는 아침"과 밀접하게 연동되어 있다. 일상의 통념으로부터 놓여나야 우리는 비로소 이런 아침을 맞이할 수 있다. 술에 취한 여인의 발바닥에 날개가 돋는 일 역시 이와 무관하지 않다. 디오니소스 축제를 즐기는 사람들은 술에 취해 다른 세계를 경험한다. 술과 노래와 위로와 포옹이 사람들을 이 세계에서 저 세계로 이끈다. 이쪽과 저쪽의 경계에서 축제의 시간이 생성된다고나 할까? 축제의 시간을 제대로 즐기는 사람들은 그래서 이쪽에도, 저쪽에도 속하지 않는다. 경계를 벗어나 한쪽 세계로 들어서는 순간 축제의 시간은 이내 사라진다. 아슬아슬한 경계(「뭘 먹을까」)에 서서 어둠을 탐하는, 술 취한 여인의 모습을 가만히 떠올려 보라. 손혁건은 이런 여인의 시선으로 존재하지 않을 것 같지만 여전히 존재하는 사물의 심연으로 걸어 들어간다.

「낙과의 이유」라는 시에도 드러나듯, 손혁건의 시는 물구나무를 선 채 이 세계를 들여다보는 존재의 시선으로 그득하다. 똑바로 서서 보는 세계와 물구나무를 선 채 보는 세계는 완연히 다르다. 변하지 않는 세계가 우리 앞에 있는 게 아니라 우리가 어떤 관점을 취하느냐에 따라 수없이 다른 세계가 펼쳐진다. 통념이 지배하는 사회일수록 다른 관점을 인정하지 않으려고 한다. 사람들 마음에 두려움을 심어 사람들 스스로 변화를 두려워하게 만든다. 두려움에 물든 존재는 경계에 서서 사물들을 들여다볼 힘이 없다. 자기감정에 치여 사물이 내뿜는 감각에 눈을 감아버린다. 손혁건은 지금 경계에 선 자의 마음 자세로 사물과 마주하려고 한다. 사물에는 늘 인간의 언어로 환원될 수 없는 흔적이 새겨져 있다. 그것을 보려는 시인의 텅 빈 마음은 사물을 대하는 힘을 기르고 있다. 손혁건의 시는 그 길로 들어서고 있다.

오홍진 | 문학평론가

시와정신시인선 53

달의 잔상

ⓒ손혁건, 2024

1판 1쇄 ｜ 2024년 11월 30일
2판 1쇄 ｜ 2024년 12월 20일
지 은 이 ｜ 손혁건
펴 낸 곳 ｜ 시와정신사
주   소 ｜ (34445) 대전광역시 대덕구 대전로1019번길 28-7, 2층
전   화 ｜ (042) 320-7845
전   송 ｜ 0504-018-1010
홈페이지 ｜ www.siwajeongsin.com
전자우편 ｜ siwajeongsin@hanmail.net

공 급 처 ｜ (주)북센 (031) 955-6777

ISBN 979-11-89282-72-1   03810

값 10,000원

· 이 사업은 대전광역시, (재)대전문화재단에서 사업비 일부를 지원받았습니다.